장화 신은 고양이

LE MAÎTRE CHAT OU LE CHAT BOTTÉ by Charles Perrault
Illustration Copyright © Javier Zabala
Korean Translation Copyright © MUNHAKDONGNE Publishing Corp., 2013
All rights reserved.

This Korean edition is published by arrangement
with Nordica Libros c/o SalmaiaLit. Agency through MOMO Agency, Seoul.

이 책의 한국어판 저작권은 모모 에이전시를 통해
Nórdica Libros c/o SalmaiaLit. Agency 사와 독점 계약한 (주)문학동네에 있습니다.
저작권법에 의해 한국 내에서 보호를 받는 저작물이므로
무단 전재 및 무단 복제를 금합니다.

이 도서의 국립중앙도서관 출판시도서목록(CIP)은
서지정보유통지원시스템 홈페이지(http://seoji.nl.go.kr)와
국가자료공동목록시스템(http://www.nl.go.kr/kolisnet)에서 이용하실 수 있습니다.
(CIP제어번호: CIP2013025876)

장화 신은 고양이

샤를 페로 지음 | 하비에르 사발라 그림 | 송의경 옮김

문학동네

일러두기

이 작품의 원제는 「수완가 고양이 혹은 장화 신은 고양이(Le maître chat ou le chat botté)」이지만,
이 책에서는 국내에 널리 알려진 제목을 따라 「장화 신은 고양이」로 하였다.

한 방앗간 주인이 자신의 전 재산인 방앗간과 당나귀와 고양이를 세 아들에게 유산으로 남겼다. 분배는 신속하게 이루어졌다. 그들은 얼마 안 되는 유산이 모조리 상속 처리 비용으로 들어갈까봐 공증인도 회계사도 부르지 않았다. 맏이는 방앗간을, 둘째는 당나귀를, 막내는 고양이를 물려받았다. 막내는 자기 몫이 보잘것없자 기분이 상해 이렇게 말했다.

　"형들은 서로 도우며 함께 일하면 그럭저럭 살아가겠지. 하지만 난 고양이를 잡아서 고기를 먹고 가죽으로 토시를 만들고 나면 분명 굶어죽고 말 거야."

고양이는 이 말을 듣고도 아무 내색 않고 침착하고 진지하게 말했다.

"주인님, 속상해하지 마세요. 저한테 자루 하나랑 가시덤불을 지나갈 때 신을 수 있는 장화 한 켤레만 마련해주세요. 그러면 주인님이 받으신 몫이 그렇게 나쁘지 않다는 걸 아시게 될 거예요."

물론 막내가 이 말에 혹한 것은 아니었다. 하지만 고양이가 시궁쥐나 생쥐를 잡으려고 두 발로 대롱대롱 매달려 있거나 밀가루 속에 숨어 죽은 척하며 온갖 꾀를 부리는 걸 자주 보아왔기 때문에 곤궁에서 벗어날 수 있을지도 모른다는 실낱같은 희망을 품었다.

부탁했던 물건을 받은 고양이는 씩씩하게 장화를 신고, 자루를 목에 건 다음 앞발로 자루의 끈을 묶더니 토끼들이 우글거리는 사냥터로 갔다. 그리고 자루 안에 밀기울과 푸성귀를 넣어둔 다음 그 옆에 누워 죽은 척하며, 아직 세상 물정 모르는 어린 토끼가 먹이를 찾아 자루 안으로 기어들어오기를 기다렸다. 고양이는 눕자마자 속으로 쾌재를 불렀다. 경솔한 새끼 토끼 한 마리가 자루 안으로 들어왔던 것이다. 꾀바른 고양이는 즉시 자루의 끈을 잡아당겨 토끼를 잡은 다음 눈 하나 깜빡하지 않고 죽였다.

의기양양해진 고양이는 토끼를 들고 궁전으로 가서 왕을 뵙기를 청했다.
접견실로 안내된 고양이는 왕에게 정중히 절을 하고 나서 이렇게 아뢰었다.

"전하, 이것은 저의 주인인 카라바 후작(고양이가 주인에게 제멋대로 붙인 호칭이었다)이 전하께 바치는 산토끼랍니다."

"네 주인에게 고맙다고 전하거라. 내가 무척 기뻐하더라고도 이야기하고."

왕이 말했다.

그리고 얼마 후 고양이는 밀밭으로 가서 자루를 열어놓은 채 몸을 숨기고 한참을 끈기 있게 기다렸다. 자고새 두 마리가 자루 속으로 날아들자 고양이는 재빨리 끈을 잡아당겨 두 마리를 모두 잡았다. 고양이는 이 자고새 두 마리도 왕에게 바쳤다. 또 선물을 받은 왕은 기뻐하며 고양이에게 사례했다.

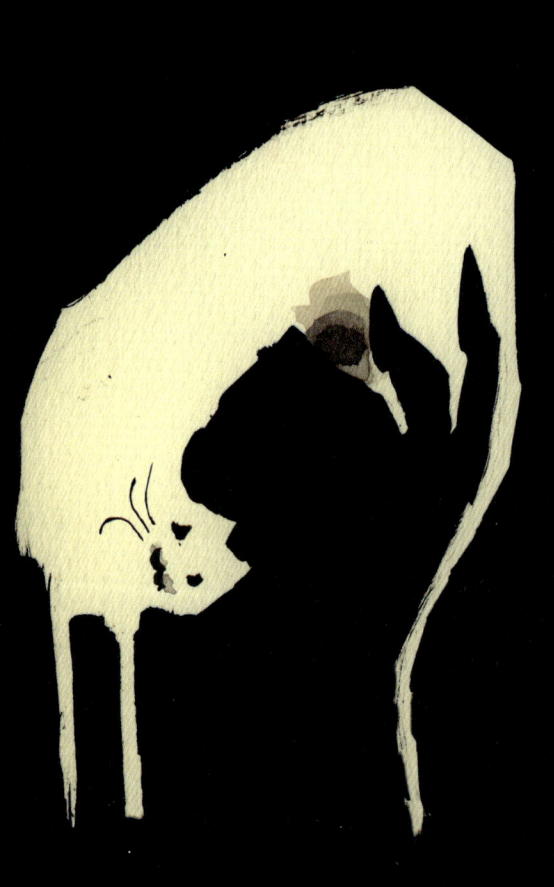

이렇게 두어 달 동안 고양이는 주인이 사냥한 거라며 사냥물을 계속 왕에게 바쳤다. 그러던 어느 날, 고양이는 왕이 이 세상에서 가장 아름다운 공주인 그의 딸과 함께 마차를 타고 강가로 나들이를 나간다는 걸 알게 되었다. 고양이는 주인에게 말했다.

"제가 알려드리는 대로만 하시면 주인님은 커다란 행운을 잡으실 거예요. 강으로 가서서 제가 가리키는 곳에서 수영을 하세요. 나머지 일은 제가 다 알아서 할 테니까요."

카라바 후작은 이유를 몰랐지만 고양이가 시키는 대로 했다. 후작이 한참 수영을 하고 있는데 왕의 마차가 그곳을 지나갔다. 그 순간 고양이가 목청껏 소리치기 시작했다.

"도와주세요! 도와주세요! 카라바 후작님이 물에 빠졌어요!"

왕은 그 소리를 듣고 마차 창문 밖으로 머리를 내밀었다. 그리고 자신에게 여러 번 사냥물을 가져다준 고양이를 알아보았다. 왕은 호위병들에게 즉시 카라바 후작을 구하도록 명령을 내렸다.

호위병들이 불쌍한 카라바 후작을 물에서 끌어내고 있는 동안 고양이는 재빨리 마차로 다가가서 왕에게 아뢰었다.

　　"주인님이 수영을 하는데 도둑들이 와서 주인님의 옷을 훔쳐갔어요. 제가 있는 힘껏 '도둑이야!' 하고 소리쳤지만 아무 소용 없었답니다."

　　하지만 사실은 이 꾀바른 녀석이 커다란 바위 밑에 옷을 숨겨둔 것이었다.

　　이 말을 듣고 왕은 바로 의상 담당 신하에게 자신의 가장 좋은 옷들 가운데 한 벌을 카라바 후작에게 가져다주라고 명령했다. 왕은 카라바 후작을 보고 상당한 호감을 느꼈다. (후작은 워낙 잘생기고 체격도 좋았기 때문에) 멋진 옷을 걸치자 인물이 한결 훤해졌다. 왕의 딸 역시 그에게 호감을 느꼈다. 그가 공주에게 매우 정중하면서도 호의 어린 눈길을 두세 번 보내자 공주는 그만 정신없이 사랑에 빠져버렸다.

왕은 그에게 같이 마차를 타고 강가로 나들이를 가자고 권했다. 일이 생각대로 풀려가자 신바람이 난 고양이는 마차를 앞질러 달려갔다. 그리고 도중에 밀을 수확하는 농부들을 만나자 이렇게 말했다.

"밀을 베는 여러분, 잘 들으세요. 만일 임금님께 이 밀밭이 카라바 후작의 소유라고 아뢰지 않으면, 당신들을 다진 고기처럼 잘게 썰어버릴 거예요."

아니나다를까 왕이 농부들에게 밀밭이 누구의 것인지 물었다.

"카라바 후작님의 밀밭이랍니다."

고양이의 협박에 겁이 난 농부들이 한목소리로 대답했다.

"자네는 정말 비옥한 땅을 갖고 있군."

왕이 카라바 후작에게 말했다.

"그렇습니다, 전하. 이 밀밭은 해마다 풍작이랍니다."

후작이 대답했다.

수완이 뛰어난 고양이는 계속 마차를 앞질러 달려가, 밀을 수확하고 있던 다른 농부들에게도 똑같이 말했다.

"밀을 수확하는 여러분, 잘 들으세요. 만일 임금님께 이 밀밭이 카라바 후작의 소유라고 아뢰지 않으면, 당신들을 다진 고기처럼 잘게 썰어버릴 거예요."

잠시 후 그곳을 지나게 된 왕은 또다시 그 밀밭이 누구의 땅인지 물었다.

"카라바 후작님의 밀밭이랍니다." 수확하던 농부들이 대답하자 왕은 후작과 함께 기뻐했다. 고양이는 이후에도 계속 마차를 앞질러 달려가며 만나는 사람에게 모두 똑같은 말을 했다. 왕은 카라바 후작의 엄청난 재산에 놀랐다.

"잘 들으세요.

만일 임금님께 이 밀밭이 카라바 후작의 소유라고 아뢰지 않으면,

당신들을 다진 고기처럼 잘게 썰어버릴 거예요."

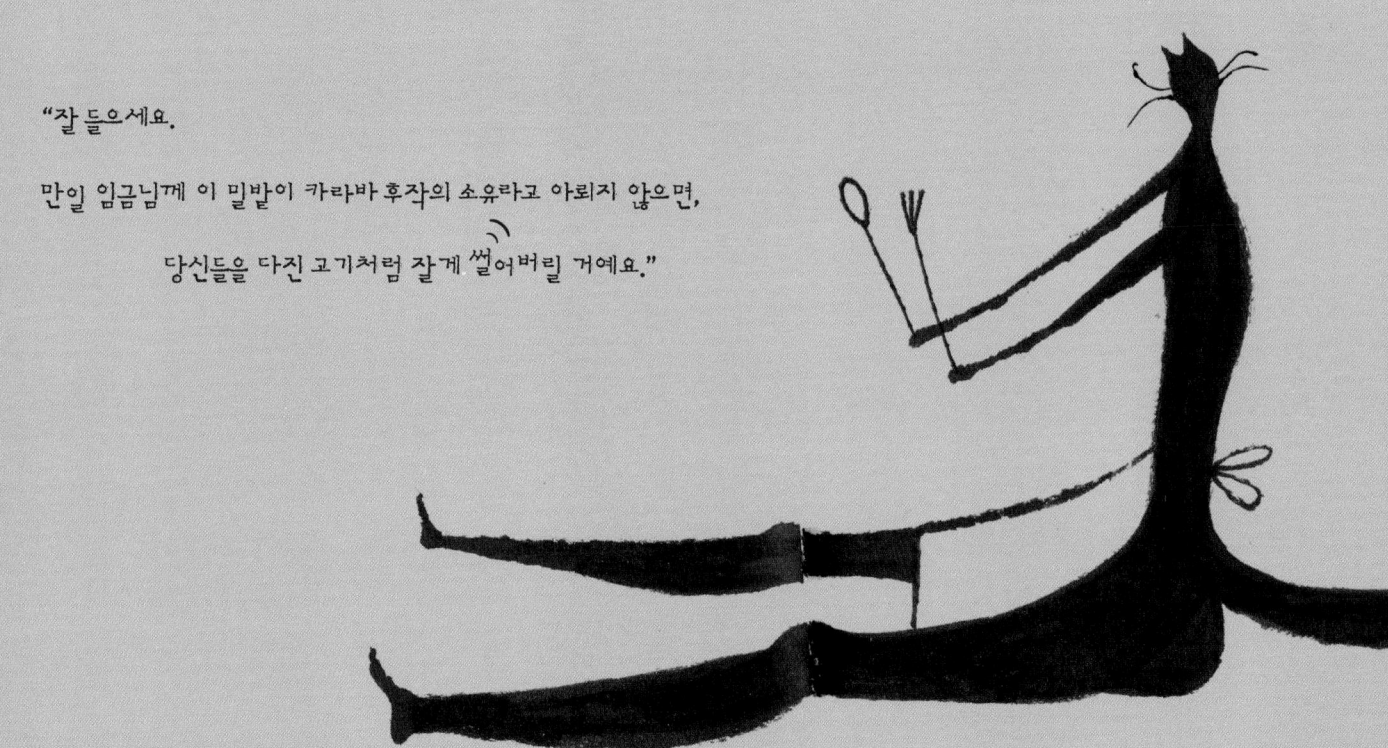

수완가 고양이는 마침내 아름다운 성에 도착했다. 그 성의 주인은 식인 귀인데, 그는 세상에서 제일가는 부자였다. 사실 왕이 지나온 땅은 모두 그 성에 딸린 토지였다.

이 식인귀를 어떻게 다루어야 할지 미리 알아두었던 고양이는, 여기까지 와서 성주에게 경의를 표하지 않고 그냥 지나칠 수는 없다며 식인귀를 만나고 싶다고 청했다. 식인귀는 매우 정중하게 고양이를 맞이한 다음 편히 앉으라며 자리를 권했다.

고양이가 말했다.

"사람들 말로는 성주님께서 어떤 동물로든 자유자재로 변하실 수 있다던데요. 이를테면 사자나 코끼리로 변하실 수 있다고요."

식인귀가 퉁명스럽게 대답했다.

"그 말은 사실이다. 너를 위해 사자로 변하는 모습을 보여주마."

그 말이 떨어지기가 무섭게 눈앞에 사자가 나타났고, 고양이는 너무 놀란 나머지 재빨리 홈통을 타고 지붕으로 올라갔다. 기와 위를 걷기에는 불편한 장화를 신고 있었기 때문에 지붕 위로 도망친 것은 무척 힘들고 위험천만한 일이었다.

잠시 후 식인귀가 본래 모습으로 돌아오자 고양이는 다시 아래로 내려와 자신이 얼마나 겁을 집어먹었는지 실토했다. 고양이가 다시 물었다.

"믿을 수 없는 이야기이긴 하지만 성주님께선 가장 작은 동물로도 변신하실 수 있다고 사람들이 말하던데요. 예를 들면 생쥐 같은 걸로 말이에요. 하지만 제 생각엔 그건 절대 불가능해요."

"불가능하다고? 그렇다면 보여주지."

식인귀는 그렇게 대꾸하자마자 생쥐로 변신해 마루 위를 쪼르르 내달렸다. 고양이는 그 모습을 보자마자 달려들어 생쥐로 변한 식인귀를 잡아먹었다.

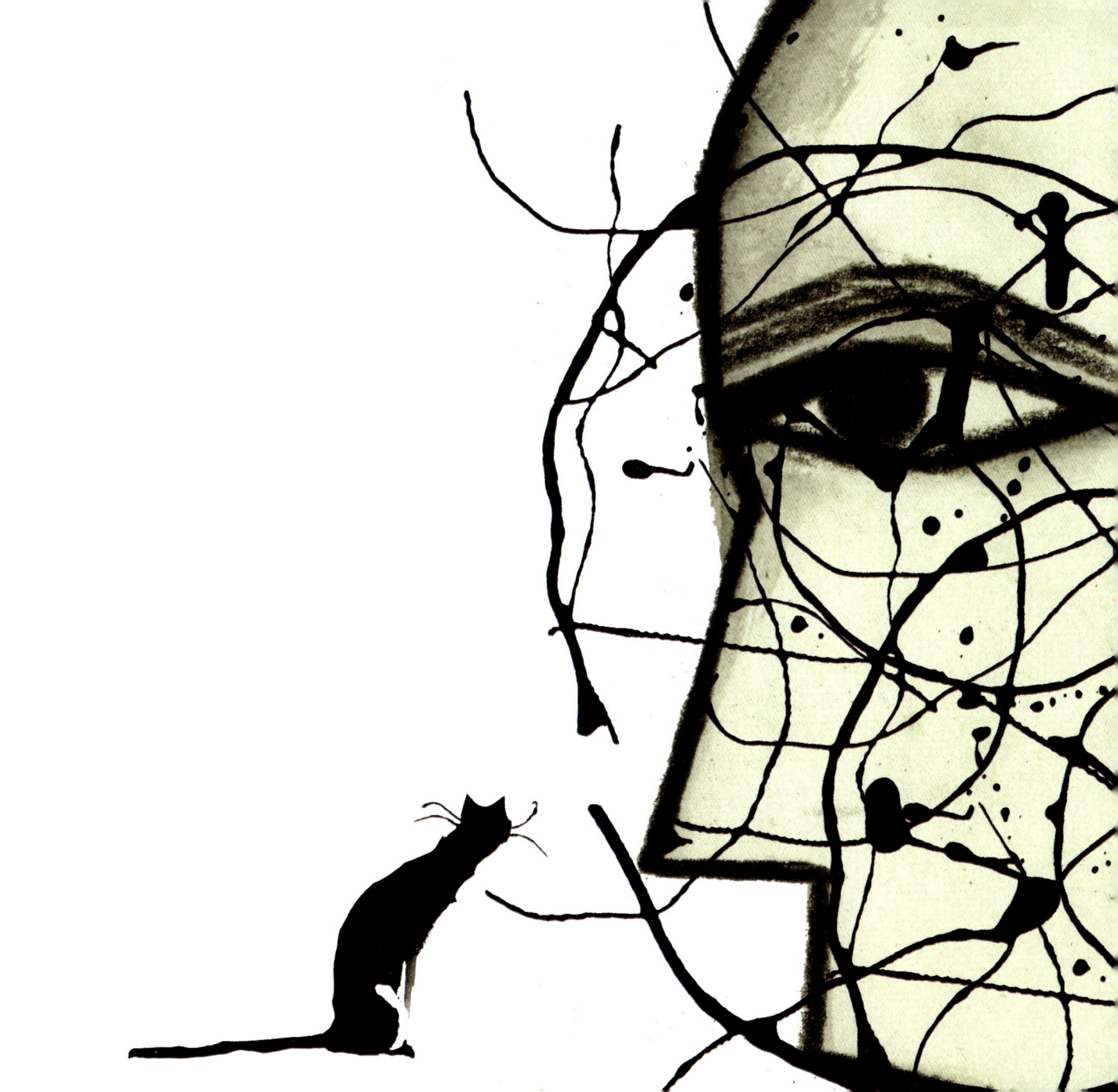

성안에서 이런 일이 벌어지고 있는 동안 왕의 마차가 식인귀의 성 앞에 다다랐다. 아름다운 성을 본 왕은 안으로 들어가보고 싶어졌다.

마차가 다리 위를 건너는 소리가 들리자 고양이는 얼른 달려나와 왕에게 아뢰었다.

"전하, 카라바 후작님의 성에 오신 걸 환영합니다!"

왕이 탄성을 질렀다.

"뭐라고? 카라바 후작, 이 성도 그대의 것이란 말이오? 난 이토록 아름다운 정원과 건물들은 본 적이 없다오. 어디 안으로 들어가봅시다."

후작은 공주에게 손을 내밀었고, 두 사람은 왕의 뒤를 따라 계단을 올라갔다. 그들은 커다란 홀로 들어갔다. 그곳엔 식인귀가 친구들을 위해 마련한 멋진 식사가 차려져 있었다. 바로 그날 식인귀의 친구들이 오기로 되어 있었던 것이다. 하지만 식인귀의 친구들은 왕이 온 것을 알고 감히 성안으로 들어올 엄두도 내지 못했다.

공주가 카라바 후작한테 푹 빠진 것처럼 왕도 카라바 후작의 매력에 흠뻑 빠져버렸다. 후작의 막대한 재산을 눈으로 확인한 왕은 포도주를 대여섯 잔 마시고 난 다음 말했다.

"카라바 후작, 자네만 좋다면 자네를 내 사위로 삼고 싶네."

후작은 왕에게 무릎을 꿇고 정중하게 절하며 명예로운 제안을 받아들였다. 그리고 그날로 공주와 결혼식을 올렸다. 고양이도 높은 신분의 영주가 되었다. 그래서 기분 전환이 필요할 때가 아니면 애써 쥐를 잡으러 다니지 않았다.

1628	1월 12일 부르주아 집안의 7남매 중 막내로 파리에서 출생(쌍둥이 형은 태어난 지 몇 개월 후 사망).
연도미상	파리의 명문학교인 콜레주 드 보베에서 철학시간에 교사와 논쟁을 벌이다 교실을 박차고 나온 후 학교로 돌아가지 않고 자유롭게 책을 읽으며 다양한 분야의 책을 번역하거나 요약하는 일로 소일.
1649	첫 책인 뷔를레스크* 시집 『트로이 성벽 혹은 뷔를레스크의 기원 Les murs de Troie ou l'origine du burlesque』 출간.
1651	변호사인 아버지를 따라 대학에서 법학을 전공하고 변호사가 되지만 법복에 염증을 느끼고 문학과 정치 활동에 매진.
1654	재무성의 세금징수관으로 일하던 둘째 형 피에르의 사무실에 취직. 이후 1664년까지 이곳에서 일하지만 실제로는 형의 서재에서 책을 읽으며 시간을 보낸 것으로 전해짐.
1660	파리의 사교계와 문단을 주도하던 프레시오지테** 경향에 부합하는 연애시

---

* 당시 파리 문단에서는 진지한 주제를 회화적으로 표현하고 개작하는 뷔를레스크 문학이 유행했다.

** 17세기 전반에 프랑스 사교계의 중심인 살롱의 귀부인들 사이에서 유행한 귀족적이고 유미주의적인 문학 및 생활 취향. 언어와 도덕을 순화한 반면 지나친 기교와 꾸밈 때문에 비판의 대상이 되기도 했다.

「아이리스의 초상 *Le portrait d'Iris*」「거울 혹은 오랑트의 변신 *Le miroir ou la métamorphose d'Orante*」「사랑과 우정의 대화 *Dialogue de l'amour et l'amitié*」를 발표하지만 사교계는 물론 문단에서도 두각을 나타내지 못함. 하지만 이어 발표한 2편의 찬양시로 왕실 측근의 주목을 받음.

1663   콜베르가 결성한 소(小)아카데미(Petite Académie)의 서기관으로 임명됨. 궁정 최고의 실력자 콜베르의 오른팔이 되어 왕실과 루이 14세의 영광을 고취시키는 다양한 임무에 종사함.

1664   둘째 형이 사기 사건에 연루되어 세금징수관의 직위에서 해임되면서 콜베르로부터 수로(水路) 측량과 같은 토목 분야의 일을 비롯해 왕궁 건축의 감독관 임무를 받음. 또한 문화와 예술 분야에 관련된 왕실 업무 또한 담당함.

1668   콜베르의 추천으로 건설차관에 임명됨.

1671   아카데미 프랑세즈 회원에 피선.

1672   44세의 나이에 19세의 마리 기숑과 결혼.

1678   마리 기숑이 셋째 아들을 낳던 중 사망. 어린 네 자녀(3남 1녀)를 혼자 양육해야 하는 처지에 놓임.

1683   콜베르가 사망하면서 루부아에 의해 모든 공직을 박탈당하고 소아카데미에서도 추방당함. 불시에 강제 은퇴를 당하면서 페로는 문학과 자녀교육에 여생을 바치기로 결심.

1687   프랑스 문단과 지성계를 양분하는 신구논쟁 도발. 같은 해 1월 27일 아카데미 프랑세즈 회원들 앞에서 자신의 시 「루이 대왕의 세기 *Le siècle de Louis le*

Grand」를 낭송하며 당대의 문학이 고전문학(고대 그리스와 로마의 문학)에 비해 손색이 없다는 주장을 펼쳐, 문화계는 각기 페로와 니콜라 부알로를 선봉장으로 하는 근대파(진보파)와 고대파(보수파)로 나뉘어 한동안 대대적으로 논쟁을 벌임.

1697 신구논쟁의 여파를 우려해 자신의 이름이 아닌 셋째 아들의 이름 '피에르 다르망쿠르'로 동화집『옛날이야기, 혹은 어미 거위 이야기*Histoires ou Contes du temps passé, ou Contes de ma mère l'oye*』출간. 이 책을 통해 페로는 후세에 불후의 명성을 남기게 됨. 이 책에 실린 동화는「잠자는 숲속의 미녀 *La belle au bois dormant*」「빨간 모자*Le petit chaperon rouge*」「푸른 수염 *La barbe bleue*」「수완가 고양이 혹은 장화 신은 고양이*Le maître chat ou le chat botté*」「요정들*Les fées*」「상드리용 혹은 작은 유리 구두*Cendrillon ou la petite pantoufle de verre*」*「고수머리 리케*Riquet à la houppe*」「엄지동자*Le petit poucet*」등 모두 8편.

1703 5월 16일『회상록*Les mémoires*』을 집필하던 중 75세의 나이로 세상을 떠남.

---

* 흔히「신데렐라」라는 영어식 제목으로 널리 알려진 이야기. '유리 구두'를 뜻하는 프랑스어 'pantoufle de verre'는 페로 이전의 민담에서는 '다람쥐 털가죽으로 안을 덧댄 실내화'라는 뜻의 프랑스어 'pantoufle de vair'였다고 한다. 'vair'가 발음이 같은 'verre'가 된 이유에 대해서는 여러 설이 혼재한다.

　프랑스의 작가 미셸 투르니에는 동화란 "생경한 형이상학이 알몸으로 드러나지 않아서 참을성 없는 어린 대중도 쉽게 읽을 수 있는 좋은 글이며, 시련의 제시와 극복이라는 입문구조에서 기인하는 '구원의 덕성'을 갖춘 최상의 장르"라고 말했다. 그러면서 시대를 초월한 문학의 최정상에 페로의 「장화 신은 고양이」를 올려놓았다. 왜 안데르센이나 그림 형제가 아니고 페로일까? 왜 페로의 「상드리용」이나 「엄지동자」가 아니라 「장화 신은 고양이」일까? 아쉽게도 별다른 설명이 없어 그의 의도를 정확하게 파악하기는 어렵지만, 신비적 자연주의자로 신화와 문학, 종교와 철학을 넘나드는 탁월한 글쓰기를 선보인 투르니에의 세계를 구축하는 데 페로의 「장화 신은 고양이」가 기여한 게 아닐까 짐작해본다.

투르니에처럼 이 작품의 열렬한 예찬자는 아닐지라도, 아이부터 어른에 이르기까지 '장화 신은 고양이'를 모르는 사람은 거의 없을 것이다. 동화, 만화, 애니메이션, 영화, 광고 등 다양한 매체에 퍼져 있는 캐릭터를 통해, 혹은 풍문으로라도 멋진 장화를 신은 이 깜찍한 녀석과 조우하지 않고 유년기를 보내기란 쉽지 않은 일이기 때문이다.* 그것은 '장화 신은 고양이'가 시공을 초월한 원형적 인물로서의 정체성을 획득했기에 가능한 일이며, 자생적 불멸성을 누리는 신화의 반열에 올랐음을 의미하기도 한다.

페로와 『옛날이야기, 혹은 어미 거위 이야기』

페로는 17세기 프랑스의 명망 있는 부르주아 집안에서 태어나 신학, 법학, 문학, 건축, 정치에 이르기까지 널리 '만능인'으로서의 역량을 과시한 인물이다. 그는 유능한 정치인으로서 사회적 지위와 경제적 여유를 누렸지만,

---

* 애니메이션으로 제작된 것만 해도 프랑스의 〈장화 신은 고양이 디 오리지널〉(2009), 미국 드림웍스의 〈장화 신은 고양이〉(2011), 일본의 〈장화 신은 고양이〉(1969)와 그 속편인 〈장화 신은 고양이 삼총사〉〈장화 신은 고양이의 80일간의 세계일주〉가 있다.

그뿐이었다면 그의 명성이 후세까지 전해지지 않았을 것이다. 1687년 그의 이름은 정치인으로서가 아니라 문학인으로서 프랑스의 역사에 각인된다. 프랑스 문단과 지성계를 양분하는, 종교개혁에 비견될 만한 일대 사건인 '신구논쟁'을 촉발한 장본인이자 근대파의 수장首長으로 기록된 것이다. 하지만 그로부터 10년 후, 만일 「장화 신은 고양이」가 수록된 『옛날이야기, 혹은 어미 거위 이야기』(1697)라는 작은 동화책이 출간되지 않았다면, 고양이가 장화를 신고 우리의 유년기를 활보하는 일은 없었을 테고, 그는 '아동문학의 아버지'라는 불후의 명성을 누리지도 못했을 것이다.

　인생사 새옹지마塞翁之馬라 했던가. 다방면에서 활동하던 그가 동화를 쓰게 된 것은 두 차례의 큰 불행을 겪으면서이다. 하나는 아내와의 사별(1678)이고*, 다른 하나는 정쟁의 와중에 희생자(1683)가 된 일이다. 열 살이 채 되지 않은 어린 자녀 넷(3남 1녀)을 홀로 양육해야 하는 처지에 설상가상으로 공직에서 소위 '강제 퇴직'을 당하자, 그는 자녀교육에 전념하기로 결심한다. 그렇게 해서 태어난 것이 이 동화책이다. '어미 거위'(마더 구스)는 '아이에게 이야기를 들려주는 유모'를 뜻하지만, 애초에 페로가 구상했던 것은

---

* 페로는 44세의 늦은 나이에 19세의 마리 기숑과 결혼하지만, 결혼한 지 6년 만에 아내가 셋째 아들을 해산하다가 사망한다.

'아이를 잠재우기 위해 들려주는 이야기'라기보다는 '사회에 편입될 수 있는 어엿한 인간으로 아이를 교육하기 위한 일종의 지침서'였다.

페로가 살았던 17세기는 역사를 통틀어 어린아이에 대한 사회적 통념이 가장 가혹한 시기였다. 고전주의자들은 원래 악한 본성을 지닌 어린아이를 선한 사회에 합당하도록 '훈련시키고' '교육시켜야' 한다고 굳게 믿었다. 18세기에 루소가 '어린아이의 성선설'을 주장하면서 사회가 선한 아이를 왜곡시킬까 우려하여 『에밀Emile』(1762)을 집필할 때까지는 적어도 그랬다. 그랬기 때문에 아이를 기숙사에 가두거나 라틴어만 하는 수도사에게 맡겨 세뇌하던 당시 분위기에서 페로의 발상은 단연 돋보인다. 탁월한 입문구조의 동화를 써서 교육의 지침서로 삼았으니 말이다.

페로 본인의 이름이 아니라 셋째 아들인 피에르 다르망쿠르(다르망쿠르는 페로가 뒤늦게 획득한 귀족 성姓이다)의 이름으로 출간된* 『옛날이야기, 혹은 어미 거위 이야기』는 같은 해 암스테르담과 트레부에서 『교훈이 곁들인 옛

---

* 우선 세련된 궁정 신하였던 자신의 이름을 (당시에는) 하찮게 여겨지던 동화에 갖다붙이기를 꺼렸고, 신구논쟁의 여파가 완전히 가라앉지 않은 상황에서 상대편을 자극하게 될 우려도 고려했다. 게다가 이 책을 루이 14세의 조카딸인 '공주마마(Mademoiselle)'에게 헌정함으로써 그녀의 비서가 되기를 희망하던 아들 피에르(당시 19세)의 꿈을 이뤄주려는 정략적 목적도 작용했으리라고 추측하는 사람도 있다. 하지만 페로의 글이라기엔 서툴고 비도덕적이라는 이유로 아들이 썼을 거라는 견해도 여전히 남아 있다.

날이야기 *Histoires ou contes du temps passé. Avec des moralitez*』라는 제목의 해적판이 나올 정도로 좋은 반응을 얻는다.

　사실 페로는 안데르센처럼 창작동화를 쓴 것도 아니고, 구전 민담을 문자로 정착시킨 최초의 작가도 아니다.[*] 페로의 공로는 농민계층의 어른을 위한 스토리텔링을 귀족계층에서도 인정받는, 아이들을 위한 '동화'라는 (당시에는) 새로운 장르로 격상시키고 초석을 다졌다는 데 있다. 구전의 속성상 이야기하는 사람이나 시대적 맥락에 따라 일정한 형태 없이 끊임없이 변하던 이야기들은 '페로식 터치'로 다듬어지고 '문자'의 옷을 걸쳐 어엿한 형태를 갖추면서 '페로의 동화'라는 이름으로 불리게 된다. 그렇게 해서 페로의 이름은 프랑스는 물론 세계문학에 등재된다. 작은 책 한 권의 기적!

「장화 신은 고양이」의 장화, 그리고 교훈

　이 동화는 옛날이야기의 전형적인 구조를 지니고 있다. 세 아들 중에서, 흔히 그렇듯이, 가장 어린 막내가 시련에 처하지만(물려받은 재산이 달랑

---

[*] 「장화 신은 고양이」(페로 이전에는 고양이가 장화를 착용하지 않았음)의 경우 이미 문자로 기록된 12세기 판본이 존재한다. 이 판본은 1576년 피에르 드 라리브리에 의해, 1636년 바질에 의해 프랑스어로 번역되었고, 페로가 읽었을 가능성이 크다.

고양이 한 마리뿐이라 호구지책이 막막한 상황이다), 지략으로 시련을 헤쳐나가며(실은 고양이의 지략이지만…… 어쨌든 주인공은 고양이와 한 조를 이룬다), 시련을 극복하고 행운을 거머쥐는 것이다(부자가 되고 공주와 결혼한다). 이 과정에서 주인공은 잠시 뒤로 물러나고 고양이가 전면에 나서 종횡무진 활약하며 무훈담을 이어가는데, 하이라이트는 역시 성의 주인인 식인귀(당시 봉건영주를 빗댄 것으로 보인다)와의 대결 장면이다. 고양이는 식인귀에게 변신술을 사용하도록 부추겨 쥐로 변한 식인귀를 잡아먹는다. 작은 고양이가 엄청나게 큰 괴물을 이긴 것이다. 이런 변신술은 민간 전승에 자주 등장하는 주제이고, 하찮은 존재가 막강한 존재를 물리치는 것 역시 '다윗과 골리앗의 이야기'에서 보듯 새로운 에피소드는 아니다. 그러므로 우리의 고양이가 세계적 스타가 되기 위해서는 이보다 특별한 뭔가가 이 이야기에 있지 않을까.

그래서 말인데, 지극히 개인적인 견해지만, 나는 고양이의 멋진 '장화'에 그 공로를 돌리고 싶다. 페로 이전의 민담에서는 고양이가 장화를 신고 있지 않았다. 맨발에 장화를 신긴 것은 페로였다. 이 장화는 「엄지동자」의 '세븐리그 장화'처럼 한 걸음에 21마일을 갈 수도 없고, 안데르센의 '분홍신'처럼 마법 신도 아니며, 상드리용의 '유리 구두'처럼 반전의 계기를 제공하지도 않는 평범한 신발에 불과하다. 요즘 개념으로 말하자면, 신어주면 '좀 있어 보이는' 명품 가죽 부츠라고나 할까.

(프랑스어 원문에서는) 고양이가 주인에게 장화를 요구하는 순간부터 '고양이'를 뜻하는 프랑스어 'chat'의 첫 글자가 대문자(Chat)로 바뀌는데, 멋진 장화 한 켤레가 높은 신분의 기호記號였으리라는 짐작이 힘을 받는 대목이다. 고양이의 주장에 따르면 덤불숲을 다니기 위해 장화가 필요하다는 것이지만, 사실은 자신이 사업(!)을 벌이려는 상대가 성주나 왕처럼 귀족이라서 자신도 좀 격을 높일 필요가 있는데다가, 부富와 신분상승의 욕망에서 비롯된 허영심도 한몫했을 것이다. 페로가 오늘날 우리의 '명품 선호' 세태를 알 리 만무하지만, 그는 인간의 허영심을 살짝 비틀어 만들어낸 이 멋진 장화로 우리에게 윙크를 날린다. 페로의 조롱 섞인 유머!

그 말이 떨어지기가 무섭게 눈앞에 사자가 나타났고, 고양이는 너무 놀란 나머지 재빨리 홈통을 타고 지붕으로 올라갔다. 기와 위를 걷기에는 불편한 장화를 신고 있었기 때문에 지붕 위로 도망친 것은 무척 힘들고 위험천만한 일이었다.(28쪽)

가끔 나는 헛갈린다. 이 이야기의 주인공이 방앗간 아들인가 고양이인가? 비록 공식적인 주인공은 아니더라도 줄거리를 주도하는 핵심인물이 고양이라는 것은 확실하다. 어쨌든 매우 중요한 인물인 우리의 고양이는 '수완가'라고만 치켜세우기엔 상당히 불량한 구석을 지니고 있다. 이렇게 계산적이고 교활한 깡패 같은 인물을 통해 페로가 전달하려는 메시지는 대체 무엇일까?

답을 찾기는 어렵지 않다. 앞서 언급했듯, 페로에게 이야기란 '아이를 교육하기 위한 도구'이고, 그래서 동화의 말미에 한두 개씩 '교훈'을 적어넣었기 때문이다. 페로가 다소 장황하게 기록한 교훈의 요지를 정리하면 이러하다.

1. 부모의 유산이 하찮아도 기지를 발휘해 극복할 수 있다.
2. 방앗간 아들이 어떻게 공주의 사랑을 얻게 되는지 주목하라. 옷차림이나 몸가짐이 중요하다는 데 동의할 것이다.

그럴싸하다. 하지만 왠지 찜찜하다. 황당하다는 느낌을 지울 수 없다. 시대적 맥락을 고려하더라도 페로가 너무 시치미를 떼는 것은 아닐까? 교훈 2는 그렇다 치더라도(겉모습이 그렇게 중요한가? 하는 의문은 남지만)

교훈 1에는 상당히 중요한 질문들이 내재되어 있다는 생각이 든다.

— 방앗간 아들의 수동성은 정당한가?
— 고양이의 측은지심의 결여(토끼와 자고새를 무자비하게 사냥한다)와 거짓말과 공갈 협박(농부들에게 거짓말을 하도록 으름장을 놓는다), 살인(식인귀를 죽인다), 도둑질(식인귀의 땅과 성을 가로챈다)은 과연 '지략'으로 합리화될 수 있는가?
— 고양이의 훼손된 이미지는 누가 책임지는가?

19세기 영국의 삽화가 조지 크룩생크George Cruikshank도 "장화 신은 고양이의 거듭되는 거짓이 줄곧 성공을 가져다주는 상황과 사기꾼이 가장 큰 세속적 이득을 상으로 받는 것을 보고 나는 기겁했다"고 말했다. 전적으로 동감한다.

그래서 「장화 신은 고양이」의 엄청난 매력에도 불구하고 나는 이것을 아이들에게 읽히는 게 좋을지 어쩔지 망설여진다. 동화가 무엇인가? 우리가 공포와 불안을 대면하고 극복하고 추방할 수 있도록 확보된 안전한 공간이 아니던가? 이곳에서 맘껏 재미나게 놀다보면 자신도 모르게 두려움이 진정

되고, 자아에 대한 확신과 더불어 세상살이의 지혜를 터득하게 되는 세계가 아니던가? 그렇기 때문에 더욱 영악한 고양이의 '불량한 행태'가 아이들에게 가랑비에 옷 젖듯이 은연중에 배어들까봐 자꾸만 걱정이 된다.

이렇게 생각이 갈팡질팡 헤매고 있는데 문득 머릿속 전구에 불이 반짝 켜진다. 그래, 억압되어 이면으로 숨어든 질문들이 아이들 의식의 수면 위로 떠오를 때가 바로 '교육 지침서'인 동화가 임무를 완수하는 순간일 수도 있겠구나! 물론 가정假定이다. 하지만 누군가가 유년기에 『장화 신은 고양이』를 읽었기 때문에 사기꾼이나 도둑이나 살인자가 되었다는 소문은 아직 듣지 못했으며, 한때 장화 신은 고양이(나의 첫사랑! 그를 못 잊어 사료 봉지를 들고 길고양이들 꽁무니를 쫓아다니는 나의 순정……)에 열광했던 나 자신도 정직한 번역자로 살아가고 있다는, 이 두 가지 사실이 제법 단단하게 가정을 받쳐주고 있지 않은가.

2013년 겨울
송의경

옮긴이 **송의경**

서울대학교 불문과를 졸업하고 프랑스 엑상프로방스 대학에서 박사과정을 수료했으며, 이화여자대학교
에서 박사학위를 받았다. 이화여대와 덕성여대에 출강했다. 옮긴 책으로는 『밤: 악몽』 『당신도 나도 아닌』
『슬픈 아이의 딸』 『사랑, 소설 같은 이야기』 『달을 따는 이야기』 『빌라 아말리아』 『혀끝에서 맴도는 이름』
『은밀한 생』 등이 있다.

문학동네 세계문학
장화 신은 고양이

초판인쇄 2013년 12월 12일 | 초판발행 2013년 12월 27일

지은이 샤를 페로 | 그린이 하비에르 사발라 | 옮긴이 송의경 | 펴낸이 강병선
책임편집 김경미 | 편집 오영나 | 모니터 이희연
디자인 김이정 | 저작권 한문숙 박혜연 김지영
마케팅 정민호 박보람 양서연 | 온라인마케팅 김희숙 김상만 이원주 한수진
제작 강신은 김동욱 임현식 | 제작처 영신사

펴낸곳 (주)문학동네
출판등록 1993년 10월 22일 제406-2003-000045호
주소 413-120 경기도 파주시 회동길 210
전자우편 editor@munhak.com | 대표전화 031) 955-8888 | 팩스 031) 955-8855
문의전화 031) 955-3576(마케팅) 031) 955-2652(편집)
문학동네카페 http://cafe.naver.com/mhdn | 트위터 @munhakdongne

ISBN 978-89-546-2350-6 03860

www.munhak.com